笠翁对韵

吴湖帆 绘
明·李渔 著

河南美术出版社
·郑州·

目录

上卷

春山如笑

一东

天对地，雨对风。

大陆对长空。

山花对海树，赤日对苍穹。

雷隐隐，雾蒙蒙。

日下对天中。

风高秋月白，雨霁晚霞红。

牛女二星河左右，

参商两曜斗西东。

十月塞边，飒飒寒霜惊戍旅；

三冬江上，漫漫朔雪冷渔翁。

海树：海边的树。谢朓诗：“暧暧江村见，离离海树出。”

苍穹：青天。这里借指天空。《尔雅·释天》：“穹苍，苍天也。”

牛女：指牵牛星和织女星。

河：银河。《古诗十九首》中有“迢迢牵牛星，皎皎河汉女”句。

参商：参和商是二十八宿中的两宿。商即辰，也即心宿。参宿在西方，心宿居东方，古人往往把亲友久别难逢比为参商。

两曜：古人把日、月、五星称七曜，曜就是星。

戍旅：这里指守边的将士。

朔雪：北方的雪。

扫一扫，听诵读

一东

河对汉，绿对红。
雨伯对雷公。
烟楼对雪洞，月殿对天宫。
云叆叇，日曈曚。
蜡屐对渔篷。
过天星似箭，吐魄月如弓。
驿旅客逢梅子雨，
池亭人挹藕花风。
茅店村前，浩月坠林鸡唱韵；
板桥路上，青霜锁道马行踪。

河对汉：河，黄河。汉，汉水。河、汉皆可借指银河。

叆（ài）叇（dài）：浓云蔽日的样子。木华《海赋》："叆叇云布。"

曈（tóng）曚（méng）：太阳将出、天色微明的样子。

蜡屐（jī）：古代一种底下有齿的木鞋，常用蜡涂其上，故叫蜡屐。

过天星：这里指流星（陨星）。

吐魄月：刚被（蟾蜍）吐出的月，这里指新月。古人认为月亮的圆缺是月里的蟾蜍反复吞吐造成的。

挹（yì）：酌酒。

浩：通"皓"。形容月光茫茫的样子。

一东

山对海，华对嵩。
四岳对三公。
宫花对禁柳，塞雁对江龙。
清暑殿，广寒宫。
拾翠对题红。
庄周梦化蝶，吕望兆飞熊。
北牖当风停夏扇，
南帘曝日省冬烘。
鹤舞楼头，玉笛弄残仙子月；
凤翔台上，紫箫吹断美人风。

四岳：传说中尧时分掌四时、方岳的官。一说指东岳泰山、西岳华山、南岳衡山、北岳恒山。

三公：古代天子以下最大的三个官员，如周朝以太师、太傅、太保为三公，西汉以大司马、大司徒、大司空为三公。一说三公为星名。

拾翠对题红：拾翠，原意为拾捡像翡翠一样的羽毛，后来把年轻女性采集鲜花野草也称作拾翠。题红，刘斧《青琐高议》载：唐僖宗时，士人于祐从御沟中拾到一片红叶，上面题有两句诗，于祐便和了两句，将红叶又放入水中。后于祐娶宫中韩夫人为妻，得知当年红叶题诗的正是韩夫人。

吕望兆飞熊：吕望，即姜太公。传说周文王曾梦到飞熊进帐，占卜说是预示将得到贤人，第二天周文王出猎便遇到了姜太公。

春柳泛舟

濃似春痕軟似
煙夕陽花影女
兒天六朝山色依
然綠楊柳風新
正少年 戊子春日
參倣趙大年王晉卿
兩家法成此幅
汝煌先生雅鑒 吳湖帆

二冬

晨对午，夏对冬。
下饷对高舂。
青春对白昼，古柏对苍松。
垂钓客，荷锄翁。
仙鹤对神龙。
凤冠珠闪烁，螭带玉玲珑。
三元及第才千顷，
一品当朝禄万钟。
花萼楼前，仙李盘根调国脉；
沉香亭畔，娇杨擅宠起边风。

下饷（xiǎng）：下午饭，这里指下午。饷，饭。
高舂（chōng）：相当于现在的薄暮。
螭（chī）带：钩上带有螭纹装饰的玉带。螭是传说中一种无角的龙。
三元：封建科举考试，乡试第一为解（jiè）元，会试第一为会元，殿试第一是状元，连续三个第一，就是连中三元。
钟：古代称粮的容积单位，每钟盛六斛（hú）四斗，万钟表示极其多。古代以十斗为一斛，后以五斗为一斛。
花萼（è）楼：唐明皇所建，兄弟五人曾宴乐其间。
仙李盘根：杜甫诗云“仙李盘根大”。比喻李氏子孙繁茂，江山永固。
娇杨：指贵妃杨玉环。

扫一扫，听诵读

二冬

清对淡，薄对浓。
暮鼓对晨钟。
山茶对石菊，烟锁对云封。
金菡萏，玉芙蓉。
绿绮对青锋。
早汤先宿酒，晚食继朝饔。
唐库金钱能化蝶，
延津宝剑会成龙。
巫峡浪传，云雨荒唐神女庙；
岱宗遥望，儿孙罗列丈人峰。

绿绮：指代音色材质俱佳的琴。相传汉末蔡邕的琴名为绿绮。又传汉朝司马相如作《玉如意赋》，梁王赐给他绿绮琴。

青锋：剑名。

朝饔（yōng）：即早饭。

岱宗：即泰山，古人以它为群山之首，所以称它为宗。

池塘春晓

繁对简，叠对重。
意懒对心慵。
仙翁对释伴，道范对儒宗。
花灼灼，草茸茸。
浪蝶对狂蜂。
数竿君子竹，五树大夫松。
高皇灭项凭三杰，
虞帝承尧殛四凶。
内苑佳人，满地风光愁不尽；
边关过客，连天烟草憾无穷。

慵（yōng）：困倦，懒。
释伴：一同信奉佛教的伙伴。释，指释教。
高皇：即汉高祖刘邦。
三杰：指张良、萧何、韩信。
虞帝承尧殛（jí）四凶：传说尧年老时将帝位传给虞舜，虞舜即位后，流放了共工、驩（欢的异体）兜、三苗和鲧（gǔn）四个凶人。殛，杀死，一说放逐。

寒林云壑

三江

奇对偶，只对双。
大海对长江。
金盘对玉盏，宝烛对银釭。
朱漆槛，碧纱窗。
舞调对歌腔。
兴汉推马武，谏夏著龙逄。
四收列国群王伏，
三筑高城众敌降。
跨凤登台，潇洒仙姬秦弄玉；
斩蛇当道，英雄天子汉刘邦。

扫一扫，听诵读

釭（gāng）：烛。

龙逄（páng）：即关龙逄，传说是夏朝的大臣。曾力谏夏桀，被夏桀处死。

斩蛇：《史记·高祖本纪》载，刘邦初起，酒醉夜行，先行者报告说有长蛇拦路，刘邦上前杀死长蛇，路遂通。

红莲开朝日　玉兔映长年

三江

颜对貌，像对庞。
步辇对徒杠。
停针对搁竺，意懒对心降。
灯闪闪，月幢幢。
揽辔对飞艭。
柳堤驰骏马，花院吠村尨。
酒量微酣琼杳颊，
香尘没印玉莲踪。
诗写丹枫，韩女幽怀流节水；
泪弹斑竹，舜妃遗憾积湘江。

庞：面庞。
徒杠：这里借代轿子。一说为只可容人步行通过的木桥。
搁竺（zhú）：竺疑当作杼，杼是织布用的梭子，搁杼即放下梭子，与停针可以成对。
揽辔：控制马匹缰绳。
艭（shuāng）：船只。
村尨（máng）：即村狗。尨是长毛狗，一说杂色的狗。
杳（yǎo）：无影无声。

湖山春晓

四支

泉对石，干对枝。
吹竹对弹丝。
山亭对水榭，鹦鹉对鸬鹚。
五色笔，十香词。
泼墨对传卮。
神奇韩幹画，雄浑李陵诗。
几处花街新夺锦，
有人香径淡凝脂。
万里烽烟，战士边头争保塞；
一犁膏雨，农夫村外尽乘时。

五色笔：相传南朝（梁）江淹年轻时梦到晋人郭璞赠五色笔给自己，于是才思大进，写出诸多佳作。到了晚年，又梦到郭璞讨回了五色笔，从此才情顿减，人称“江郎才尽”。

十香词：辽道宗后萧氏才貌双绝，被耶律乙辛用假造的《十香词》诬陷与伶人私通，被赐自尽。

传卮（zhī）：意为传杯。卮，古代的一种盛酒器。

韩幹：唐代著名画家，善写人物，尤工于鞍马。

李陵：西汉名将李广之孙。其赠别苏武之诗雄浑豪爽，十分感人。

膏雨：肥美的雨。

扫一扫，听诵读

四支

菹对醢，赋对诗。
点漆对描脂。
璠簪对珠履，剑客对琴师。
沽酒价，买山资。
国色对仙姿。
晚霞明似锦，春雨细如丝。
柳绊长堤千万树，
花横野寺两三枝。
紫盖黄旗，天象预占江左地；
青袍白马，童谣终应寿阳儿。

菹（zū）：（1）腌的菜；（2）多水草的沼泽地带；（3）剁成肉酱。此处应取（1）意。

醢（hǎi）：肉酱。

沽酒价：晋代诗人阮籍的侄子阮修常步行，以百钱挂杖头，至酒市便沽饮酣畅。

买山资：晋僧人支道林，为隐居而到深公那里去买邱山。见《世说新语》。

四支

箴对赞，缶对卮。
萤照对蚕丝。
轻裾对长袖，瑞草对灵芝。
流涕策，断肠诗。
喉舌对腰肢。
云中熊虎将，天上凤凰儿。
禹庙千年垂橘柚，
尧阶三尺覆茅茨。
湘竹含烟，腰下轻纱笼玳瑁；
海棠经雨，脸边清泪湿胭脂。

箴（zhēn）：古代一种以规劝、告诫为内容的文体。
轻裾（jū）：形容人走动或舞蹈时衣襟飘扬的样子。裾，衣服大襟。
熊虎将：指西汉名将魏尚，相传他做云中守时，匈奴不敢近边。
天上凤凰儿：汉民歌《陇西行》有“天上何所有？历历种白榆……凤鸣何啾啾，一母将九雏”的诗句。后来多用来赞美别人儿子。

桂林云瀑

四支

争对让，望对思。
野葛对山栀。
仙风对道骨，天造对人为。
专诸剑，博浪椎。
经纬对干支。
位尊民物主，德重帝王师。
望切不妨人去远，
心忙无奈马行迟。
金屋闭来，赋乞茂陵题柱笔；
玉楼成后，记须昌谷负囊词。

专诸剑：专诸，古代勇士。《左传》载，春秋时，吴公子光为夺取王位，收买专诸为刺客，把匕首藏在鱼腹中，借进献食品的机会刺死了吴王僚。

博浪椎：汉张良年轻时为被灭掉的韩国报仇，从沧海君那里请到一位大力士，携带六十公斤的大铁椎，在博浪沙地方狙击秦始皇，未果。

茂陵题柱笔：司马相如曾居住茂陵，故称他的才思为茂陵题柱笔。

昌谷负囊词：昌谷，河名，在河南境内，唐诗人李贺家乡濒临昌谷川，他的诗集名《昌谷集》，后人称他李昌谷。相传李贺出行，常让小童背一锦囊，每得佳句，就记下投入囊中。

峒关蒲雪图之一（局部）

五微

贤对圣，是对非。
觉奥对参微。
鱼书对雁字，草舍对柴扉。
鸡晓唱，雉朝飞。
红瘦对绿肥。
举杯邀月饮，骑马踏花归。
黄盖能成赤壁捷，
陈平善解白登危。
太白书堂，瀑泉垂地三千丈；
孔明祀庙，老柏参天四十围。

觉奥对参微：觉奥和参微都是弄懂深奥微妙的道理的意思，多用于教学或宗教方面。

黄盖：孙权的大将，以“苦肉计”诈降曹军，成就赤壁之火攻。

陈平：生卒年不详，汉初阳武（今河南省原阳县东南）人。幼嗜读书，容貌俊美，足智多谋，事高祖屡出奇策。汉高祖刘邦讨伐反叛韩王信，被匈奴困于白登，七天没有粮食，形势十分危急。据说靠陈平的奇计方才解围。

扫一扫，听诵读

五微

戈对甲，幄对帏。
荡荡对巍巍。
严滩对邵圃，靖菊对夷薇。
占鸿渐，采凤飞。
虎榜对龙旗，
心中罗锦绣，口内吐珠玑。
宽宏豁达高皇量，
叱咤喑哑霸王威。
灭项兴刘，狡兔尽时走狗死；
连吴拒魏，貔貅屯处卧龙归。

严滩：即子陵滩，在富春江上，汉代隐士严子陵钓鱼处。
邵圃：邵平，秦时为东陵侯，秦亡，种瓜于长安。
靖菊：晋诗人陶潜爱菊，死后谥号为靖节先生，故称菊为靖菊。
夷薇：孤竹君的儿子伯夷和叔齐反对武王起兵伐纣，未果，二人隐居首阳山，采薇而食，不食周粟，终饿死。故称薇为夷薇。
高皇：指汉高祖刘邦。
叱（chì）咤（zhà）喑（yīn）哑（yǎ）：形容人发怒的声音。
貔（pí）貅（xiū）：传说中的一种猛兽，似熊。这里借指勇猛的将士。

五微

衰对盛，密对稀。
祭服对朝衣。
鸡窗对雁塔，秋榜对春闱。
乌衣巷，燕子矶。
久别对初归。
天姿真窈窕，圣德实光辉。
蟠桃紫阙来金母，
岭荔红尘进玉妃。
霸王军营，亚父丹心撞玉斗；
长安酒市，谪仙狂兴换银龟。

鸡窗：晋宋处宗有一只极为宠爱的长鸣鸡，一直关在窗户边。后来鸡说人话，与处宗谈论，使处宗言谈技巧大增。后鸡窗用于代指书房。

雁塔：唐代韦肇及第之后，偶于慈恩寺雁塔题名，后人效之，遂成为故事。

春闱（wéi）：明、清会试都在春季，故名春闱。

蟠桃：《汉武故事》中说西王母见汉武帝，拿了五个桃子，送给武帝两个，即所谓蟠桃。

岭荔：史载杨贵妃喜食荔枝，玄宗命人自岭南七日快马送至长安。

亚父：指范增。范增年高望重，被项羽尊称为亚父。

谪（zhé）仙：指李白。传说李白曾以银龟换酒。

古树层峦

古樹連雲發層巒擁翠浮
近讀北苑瀟湘夏山巨然茂林海野郭熙早春幽谷
諸圖各有領悟戲筆作此稍會我心藉為
叔鼎先生雅鑒聊博一粲而已丁亥六月吳湖帆識

六鱼

羹对饭，柳对榆。
短袖对长裾。
鸡冠对凤尾，芍药对芙蕖。
周有若，汉相如。
玉屋对匡庐。
月明山寺远，风细水亭虚。
壮士腰间三尺剑，
男儿腹内五车书。
疏影暗香，和靖孤山梅蕊放；
轻阴清昼，渊明旧宅柳条舒。

周有若：有若，孔子的弟子，貌似孔子，他是东周春秋时人，故称周有若。

汉相如：西汉司马相如，为当时著名辞赋家。

三尺剑：史称汉高祖刘邦手提三尺剑起兵，后人常把三尺剑作为有志男儿的象征。

五车书：据说战国时学者惠施很有学问，“其书五车”，后来用此作为博学的象征。南朝鲍照有诗云：“两说穷舌端，五车摧笔锋。”

和靖：林逋（公元967～1028），字君复，北宋钱塘人。终身不仕，不娶，以植梅养鹤为乐，世称“梅妻鹤子”。卒谥和靖先生。

扫一扫，听诵读

六鱼

吾对汝，尔对余。

选授对升除。

书箱对药柜，耒耜对耰锄。

参虽鲁，回不愚。

阀阅对阁闾。

诸侯千乘国，命妇七香车。

穿云采药闻仙人，

踏雪寻梅策蹇驴。

玉兔金乌，二气精灵为日月；

洛龟河马，五行生克在图书。

选授：量才授官。

升除：指除去旧职由皇帝授予新职。升，晋升。除，授予官职。

耒（lěi）耜（sì）：古代的耕具，类似今天的犁。

耰（yōu）：古代碎土平地的农具。

阀阅：官吏们的功劳、阅历。

阁闾：高大的门楼，引申为高贵的社会地位。

千乘（shèng）：西周时期，诸侯国大者千乘。乘是战车的计量单位，一车四马叫一乘。

蹇（jiǎn）驴：瘸驴。

玉兔金乌：古代神话中，月中有玉兔捣药，日中有三只脚的乌鸦，因此以玉兔代月，以金乌代日。

洛龟河马：神话传说中，伏羲时，有龙马出于黄河，背负河图。伏羲依此画成了八卦。夏禹治水时，有神龟出于洛水，背负洛书。大禹依此治水成功。

黄茅小景

六鱼

欹对正，密对疏。

囊橐对苞苴。

罗浮对壶峤，水曲对山纡。

骖鹤驾，待鸾舆。

桀溺对长沮。

刺虎卞庄子，当熊冯婕妤。

南阳高士吟《梁父》，

西蜀才人赋《子虚》。

三径风光，白石黄花供杖履；

五湖烟景，青山绿水在樵渔。

欹（qī）：倾斜。

囊橐（tuó）：一种口袋。

苞苴（jū）：包裹物品，自上包之叫苞，自下垫之叫苴。

罗浮：山名，亦称东樵山，道教称之为“第七洞天”。

壶峤（jiào）：海上仙山名。

骖（cān）：这里是驾驶的意思。

桀溺对长沮：桀溺、长沮均为春秋时隐士。

三径：意指田园。陶渊明《归去来兮辞》中有“三径就荒，松菊犹存”句。

闹红一舸

七虞

红对白，有对无。
布谷对提壶。
毛锥对羽扇，天阙对皇都。
谢蝴蝶，郑鹧鸪。
蹈海对归湖。
花肥春雨润，竹瘦晚风疏。
麦饭豆糜终创汉，
莼羹鲈脍竟归吴。
琴调轻弹，杨柳月中潜去听；
酒旗斜挂，杏花村里共来沽。

提壶：鸟名。

毛锥：即毛笔。

谢蝴蝶，郑鹧鸪：宋人谢逸好作蝴蝶诗，人称为谢蝴蝶。唐人郑谷写《鹧鸪》诗，被称为郑鹧鸪。

麦饭豆糜终创汉：汉光武帝刘秀初起兵，在饶阳地方遇到困难，将军冯异于滹沱河为他烧麦饭，芜蒌亭为他煮粥，使他渡过难关终于创立了东汉王朝。糜，粥。

莼（chún）羹鲈（lú）脍（kuài）竟归吴：莼羹，一种用野菜煮成的汤。鲈脍，鲈鱼切成的丝。晋人张翰在秋风起时思念故乡的莼羹、鲈脍，竟弃官而归乡。吴即张翰的家乡。

扫一扫，听诵读

七虞

罗对绮，茗对蔬。
柏秀对松枯。
中元对上巳，返璧对还珠。
云梦泽，洞庭湖。
玉烛对冰壶。
苍头犀角带，绿鬓象牙梳。
松阴白鹤声相应，
镜里青鸾影不孤。
竹户半开，对牖不知人在否；
柴门深闭，停车还有客来无？

中元：中元节，农历七月十五日。
上巳：农历每月初旬中的巳日。
返璧：战国时，秦王托言以十五城易赵国和氏璧，赵使蔺相如奉璧入秦，秦不愿交割十五城，蔺相如便说璧有微瑕，请原璧归赵。
还珠：相传古代合浦郡不产谷物，只有海中盛产珍珠。许多太守到任后尽力搜刮，宝珠竟然迁往他处。后孟尝君为合浦太守，清廉自奉，宝珠又回来了。见《后汉书·孟尝传》。

七虞

宾对主，婢对奴。

宝鸭对金凫。

升堂对入室，鼓瑟对投壶。

觇合璧，颂联珠。

提瓮对当垆。

仰高红日近，望远白云孤。

歆向秘书窥二酉，

机云芳誉动三吴。

祖饯三杯，老去常斟花下酒；

荒田五亩，归来独荷月中锄。

宝鸭对金凫：宝鸭、金凫都是古代用来焚香的器具。

投壶：古代宴会时的一种游戏。宾主依次将矢投入壶中，多者为胜，少者罚饮。

觇（chān）合璧，颂联珠：觇，观测。合，合韵。古人认为，日月合璧，五星联珠，是太平的征兆。

歆（xīn）向秘书窥二酉：刘歆、刘向父子读了许多古代的秘密藏书。二酉，即大、小酉山，在湖南沅陵县西北。古代传说，秦时曾有人于此读书，留书千卷于山中。

机云芳誉动三吴：陆机、陆云兄弟，西晋初年著名的文学家，时称为二陆。三吴是二陆的家乡。

祖饯（jiàn）：古人出行，先要祭祀路神，即所谓祖道。饯，饯行。

数青草堂读画图

七虞

君对父，魏对吴。
北岳对西湖。
菜蔬对茶饭，苣藤对菖蒲。
梅花数，竹叶符。
廷议对山呼。
两都班固赋，八阵孔明图。
田庆紫荆堂下茂，
王裒青柏墓前枯。
出塞中郎，羝有乳时归汉室；
质秦太子，马生角日返燕都。

梅花数：古代一种占卜法。相传为宋代邵雍所作。
田庆紫荆堂下茂：据《续齐谐记》载，京兆田真、田庆、田广三兄弟分家时，准备把堂前一棵紫荆树截成三段分了，然而第二天树枯死了，兄弟三人大惊，说：树木同株，听说将分就死掉了，难道人还不如树吗？于是决定不再分居，紫荆树又活了。
王裒（pōu）青柏墓前枯：晋人王裒之父被文帝杀死，裒抱着父亲墓前的柏树号哭，柏树忽然就枯了。见《搜神记》。
羝（dī）有乳：羝，公羊。乳，羊羔。
马生角日返燕都：据《燕丹子》载，战国末年，燕太子丹为质于秦，思归故乡，向秦王恳请，秦王说：乌鸦白头，马生角，一定放你回去。太子丹仰天而叹，乌鸦果然白了头，低头落泪；马就生出了犄（jī）角。秦王不得不放他回去。

八齐

鸾对凤，犬对鸡。
塞北对关西。
长生对益智，老幼对旄倪。
颁竹策，剪桐圭。
剥枣对蒸梨。
绵腰如弱柳，嫩手似柔荑。
狡兔犹穿三穴隐，
鹪鹩权借一枝栖。
甪里先生，策杖垂绅扶少主；
于陵仲子，辟纑织履赖贤妻。

旄倪：老幼的合称。旄，通“耄”，老人，倪，小儿。

颁竹策：皇帝给诸侯、王颁发的委任状，以竹简为之。策，策书。

剪桐圭（guī）：相传周成王同弟弟叔虞开玩笑，用桐叶剪成圭形，说封他为侯。大臣进来贺喜。成王说是开玩笑，大臣说天子无戏言。成王只好把叔虞封于唐。圭，古代帝王诸侯举行礼仪时所用的玉器，代表官阶。

剥（pū）：同“扑”，打。

辟纑（lú）：指将分析练过的麻搓成线。这里引申为织布。

织履（lǚ）：即织草鞋。

扫一扫，听诵读

八齐

鸣对吠，泛对栖。
燕语对莺啼。
珊瑚对玛瑙，琥珀对玻璃。
绛县老，伯州犁。
测蠡对燃犀。
榆槐堪作荫，桃李自成蹊。
投巫救女西门豹，
赁浣逢妻百里奚。
阙里门墙，陋巷规模原不陋；
隋堤基址，迷楼踪迹亦全迷。

绛（jiàng）县老：即绛县老人。

伯州犁：春秋时晋国大夫伯宗之子伯嚭，其父被杀后奔楚，为太宰。

测蠡：出自“管窥天，蠡测海”，喻自不量力。

燃犀：相传燃烧犀角可以照妖。晋温峤路过牛渚矶，人们说水下有怪物，温峤用点燃的犀角一照，果然见到许多奇形异状的精灵。

投巫救女西门豹：《史记》记载，魏文侯时，民众迷信巫术，每年都以女子投河，曰河伯妇。西门豹为邺（yè）令，命令将巫婆投入河里，投女的风俗就此停止。

赁浣逢妻百里奚：《风俗通》载，春秋时百里奚为秦相，雇佣一洗衣妇，妇人歌曰：百里奚，五羊皮，忆别时，烹伏雌，烦扊扅，今日富贵忘我为。原来她是被百里奚抛在故乡的妻子。

迷楼：传说为隋炀帝建的寻欢作乐之地。

拳石修竹

八齐

越对赵，楚对齐。

柳岸对桃蹊。

纱窗对绣户，画阁对香闺。

修月斧，上天梯。

蝃蝀对虹霓。

行乐游春圃，工谀病夏畦。

李广不封空射虎，

魏明得立为存麑。

按辔徐行，细柳功成劳王敬；

闻声稍卧，临泾名震止儿啼。

修月斧：《天中记》记载：唐代有人游嵩山，见道卧者，问为谁？笑曰：“君不知月乃七宝合成乎？月势如丸，其回处常有二万八千户修之，我其一也。”遂示以斧凿。

上天梯：《搜神记》记载，邓皇后曾“梦登梯以扪天”，醒后问占卜者，占者说，斯皆圣王之前占也，吉不可言。

蝃（dì）蝀（dōng）：即虹的古名。

工谀：善于奉承。

魏明得立为存麑（ní）：《三国志·明帝纪》注引《魏末传》曰：明帝幼从帝猎。帝射鹿，使明帝射其子，对曰：“已伤其母，不忍更伤其子。”同时流下了眼泪。文帝即放弓箭，以此深奇之。相传由此下决心立为太子。麑，小鹿。

按辔徐行，细柳功成劳王敬：西汉文帝时，匈奴入侵，周亚夫为将军，屯兵细柳，治军严厉。文帝亲自慰劳军队至细柳营时，也不得不按军令勒着马笼头，规规矩矩地走进军营。

石壁飞虹

九佳

门对户，陌对街。
枝叶对根荄。
斗鸡对挥麈，凤髻对鸾钗。
登楚岫，渡秦淮。
子犯对夫差。
石鼎龙头缩，银筝雁翅排。
百年诗礼延余庆，
万里风云入壮怀。
能辨名伦，死矣野哉悲季路；
不由径窦，生乎愚也有高柴。

扫一扫，听诵读

荄（gāi）：草根。

麈（zhǔ）：古书上指鹿一类的动物，尾巴可以做拂尘。晋人清谈时，往往持之挥动，以示高雅。

子犯：名狐偃，字子犯，春秋晋人。为晋文公舅，故亦称为舅犯。

夫差：春秋吴王。

季路：孔子弟子子路的字。

不由径窦：既不走小路，又不走孔道，指不知变通。

九佳

冠对履，袜对鞋。
海角对天涯。
鸡人对虎旅，六市对三阶。
陈俎豆，戏堆埋。
皎皎对皑皑。
贤相聚东阁，良朋集小斋。
梦里山川书越绝，
枕边风月记齐谐。
三径萧疏，彭泽高风怡五柳；
六朝华贵，琅琊佳气种三槐。

鸡人：相传西周宫廷内有鸡人之官，主报时。

虎旅：英勇的军队。

六市对三阶：六市，即六街，古都长安和汴京都有六条大街。三阶，相传古代帝王寝宫前有三层台阶。

陈俎豆，戏堆埋：《列女传》记载：孟子小时，家近墓地，孟子模仿大人埋坟。后移居于市，又习贸易事；又移居学校旁边，于是习礼让修俎豆。这就是孟母三迁的故事。俎豆，古时祭神或饮食用的器皿。

书越绝：即《越绝书》，东汉袁康所撰的历史小说，记述吴越二国历史及伍子胥、范蠡等人活动。

记齐谐：即《齐谐记》，《庄子》里提到的一部古书，已失传。六朝时吴均有《续齐谐记》，讲神怪故事。

九佳

勤对俭，巧对乖。
水榭对山斋。
冰桃对雪藕，漏箭对更牌。
寒翠袖，贵荆钗。
慷慨对诙谐。
竹径风声籁，花蹊月影筛。
携囊佳韵随时贮，
荷锄沉酣到处埋。
江海孤踪，雪浪风涛惊旅梦；
乡关万里，烟峦云树切归怀。

漏箭：漏是古时一种计时器，以器贮水，随着水的流出，水面下降，指针指出时刻。漏箭即指针。

携囊佳韵随时贮：这里是指唐诗人李贺背囊收佳句的故事。

荷锄沉酣到处埋：晋刘伶纵酒放达，出行常携一壶酒，叫人荷锄跟在身后，曰："醉死便埋我。"

红五月（局部）

九佳

杞对梓，桧对楷。
水泊对山崖。
舞裙对歌袖，玉陛对瑶阶。
风入袂，月盈怀。
虎兕对狼豺。
马融堂上帐，羊侃水中斋。
北面黉宫宜拾芥，
东巡岱畤定燔柴。
锦缆春江，横笛洞箫通碧落；
华灯夜月，遗簪堕翠遍香街。

楷：树名，据说生在孔子墓上，枝干挺拔不屈。
兕（sì）：古时一种生活在中原地区的凶猛野牛。
马融：东汉著名学者，据说他教学时不拘守儒教的法规。
羊侃：南朝梁羊侃，好奢侈，结舟为斋，亭馆皆备，日事游宴。
北面黉（hóng）宫宜拾芥：黉宫，古代的学校。拾芥，拾取地上的草芥，比喻手到擒来。
东巡岱畤（zhì）定燔柴：据传古代皇帝登基后，都要到泰山举行封禅之礼。岱即岱宗，即泰山。畤，古时祭天、地、五帝的地方。燔柴，把祭牲玉帛放在柴草上点燃，让烟气飞升，象征着送给了神灵。
锦缆：以锦缎做缆绳，比喻舟船非常豪华。
遗簪堕翠：指游人丢失的首饰。

峒关蒲雪图之二（局部）

十灰

春对夏，喜对哀。
大手对长才。
风清对月朗，地阔对天开。
游阆苑，醉蓬莱。
七政对三台。
青龙壶老杖，白燕玉人钗。
香风十里望仙阁，
明月一天思子台。
玉橘冰桃，王母几因求道降；
莲舟藜杖，真人原为读书来。

七政对三台：古人称日、月以及金、木、水、火、土五星为七政。三台，星名，古人视为三公的象征。一说灵台、时台、囿台合称三台。

青龙壶老杖：传说东汉时，费长房向一位在壶中隐身的仙人壶公学道，归家时，壶公赠长房一根竹杖，说骑上它可以到处行走，到家后把它扔进葛陂就可以了。长房骑上竹杖，很快到了家，他把竹杖扔到葛陂，回头一看，竹杖已变成龙。

白燕玉人钗：传说汉武帝曾建造招灵台，有神女降临赠武帝一双玉钗，后来玉钗化为白燕升天。

莲舟藜杖：《三辅黄图》载，汉刘向在天禄阁读书时，一坐莲舟、拄着青藜杖的老者在夜间吹燃了藜杖，向刘向传授“五行洪范”之文。

扫一扫，听诵读

十灰

朝对暮，去对来。
庶矣对康哉。
马肝对鸡肋，杏眼对桃腮。
佳兴适，好怀开。
朔雪对春雷。
云移鳷鹊观，日晒凤凰台。
河边淑气迎芳草，
林下轻风待落梅。
柳媚花明，燕语莺声浑是笑；
松号柏舞，猿啼鹤唳总成哀。

庶矣：意思是人口众多。《论语·子路》：“子适卫，冉有仆。子曰：庶矣哉！”

康哉：康是安康之意。《书·益稷》：“庶事康哉。”

马肝：古人认为马肝味劣，用“食马肝”比喻做卑微琐碎之事。

鳷（zhī）鹊观：汉武帝所建，在云阳。鳷鹊，鸟纲雀形目鸣禽类。

凤凰台：在南京西南凤凰山上，传说南朝宋文帝元嘉年间曾有凤凰栖止在山上，后来就以凤凰为山名，并造台其上。

十灰

忠对信，博对赅。
忖度对疑猜。
香消对烛暗，鹊喜对蛩哀。
金花报，玉镜台。
倒斝对衔杯。
岩巅横老树，石磴覆苍苔。
雪满山中高士卧，
月明林下美人来。
绿柳沿堤，皆因苏子来时种；
碧桃满观，尽是刘郎去后栽。

赅（gāi）：全面，完备。

蛩（qióng）哀：蛩，蟋蟀，一说蝗虫。古人认为蟋蟀鸣叫声甚哀。

金花报：唐进士登科有金花贴。后将考试得中后通报其家，叫作金花报喜。

玉镜台：温峤娶姑母之女，以玉镜台为聘礼。

斝（jiǎ）：古盛酒器皿。

苏子：即苏轼。苏轼做杭州太守时，令人沿西湖堤种桃柳，人称苏公堤，即苏堤。

晓风残月

用沈石田筆法寫柳屯田曉風殘月
詞意爲
金剛先生作 丁亥春 吳湖帆

十一真

莲对菊，凤对麟。
浊富对清贫。
渔庄对佛舍，松盖对花茵。
萝月叟，葛天民。
国宝对家珍。
草迎金埒马，花醉玉楼人。
巢燕三春尝唤友，
塞鸿八月始来宾。
古往今来，谁见泰山曾作砺；
天长地久，人传沧海几扬尘。

萝月叟：月下藤萝盘绕的山路上的老人。
葛天民：葛天氏时代的人。葛天氏，传说中远古时期的一个帝王。
金埒（liè）：晋王济（王武子）有养马的癖好，编钱以为马埒，人称金埒。埒即勒，马具。
砺（lì）：磨刀石。

十一真

兄对弟，吏对民。
父子对君臣。
勾丁对甫甲，赴卯对同寅。
折桂客，簪花人。
四皓对三仁。
王乔云外鸟，郭泰雨中巾。
人交好友求三益，
士有贤妻备五伦。
文教南宣，武帝平蛮开百越；
义旗西指，韩侯扶汉卷三秦。

勾丁对甫甲：勾丁指抓丁拉夫。甫甲在这里指刚刚入伍。
赴卯对同寅：赴卯指官员开始工作。同寅指同僚。
三仁：微子、箕子、比干三个贤人，孔子评价他们说“殷有三仁”。
王乔云外鸟：《后汉书》载，汉人王乔有神术，每月两次朝见皇帝。皇帝惊诧于他来去迅疾，命人暗地观察，发现王乔每次来朝都有一对凫雁飞来。人们用网捕捉这双飞雁，却只捉得了一只鞋。
郭泰雨中巾：汉郭泰，字宗林，颇有名望，一次雨中头巾无意折起一角，众人纷纷效仿，称为“宗林巾”。
三益：孔子说：“益者三友，友直、友谅、友多闻，益矣。”
三秦：秦亡后，项羽把关中地分为三份，合称为三秦。

巫山清秋图（局部）

十一真

申对午，侃对訚。
阿魏对茵陈。
楚兰对湘芷，碧柳对青筠。
花馥馥，叶蓁蓁。
粉颈对朱唇。
曹公奸似鬼，尧帝智如神。
南阮才郎差北富，
东邻丑女效西颦。
色艳北堂，草号忘忧忧甚事；
香浓南国，花名含笑笑何人。

侃对訚（yín）：侃，和乐的样子。訚，态度庄重的样子。

阿魏对茵陈：阿魏、茵陈，都是中药名。

蓁（zhēn）蓁：茂盛的样子。《诗·周南·桃夭》：“桃之夭夭，其叶蓁蓁。”

南阮才郎差北富：晋洛阳阮氏家族，阮籍和阮咸叔侄居道南，家贫而多才，其他阮姓宗族居道北，家富。

红五月（局部）

十二文

忧对喜，戚对欣。

二典对三坟。

佛经对仙语，夏耨对春耘。

烹早韭，剪春芹。

暮雨对朝云。

竹间斜白接，花下醉红裙。

掌握灵符五岳箓，

腰悬宝剑七星纹。

金锁未开，上相趋听宫漏永；

珠帘半卷，群僚仰对御炉薰。

扫一扫，听诵读

二典对三坟：二典指《尚书》中的《尧典》《舜典》。三坟，传说是三皇之书。汉孔安国《书经序》中将伏羲、神农、黄帝之书称作三坟。

耨（nòu）：古代锄草的器具。

白接：即白接篱，指当时的一种帽子。

箓（lù）：符箓，道士画的驱避邪魔的符号、帖子。

七星纹：宝剑上嵌饰的北斗图案。

宫漏：铜壶滴漏，古代宫中计时的用具。

十二文

词对赋，懒对勤。
类聚对群分。
鸾箫对凤笛，带草对香芸。
燕许笔，韩柳文。
旧话对新闻。
赫赫周南仲，翩翩晋右军。
六国说成苏子贵，
两京收复郭公勋。
汉阙陈书，侃侃忠言推贾谊；
唐廷对策，岩岩直谏有刘蕡。

带草对香芸：相传东汉末年，郑康成在不其城东南山中教授，所居山下生一种草，叶长尺余，十分坚韧，被称为“康成书带”。香芸，一种能避蠹（dù）的香草。

燕许笔：唐时，张说封为燕国公，苏颋（tǐng）封为许国公，二人以文章名世，时人称大手笔。

赫赫周南仲：南仲是周宣王时的大将，曾率兵击败侵犯周国的少数民族玁（xiǎn）狁（yǔn），即匈奴。《诗·小雅·出车》赞扬他“赫赫南仲，玁狁于襄（攘）”。赫赫，形容威武的样子。

翩翩晋右军：翩翩，风流潇洒的样子。晋右军，即晋王羲之，曾做过右军将军，人称王右军。

十二文

言对笑，绩对勋。
鹿豕对羊羵。
星冠对月扇，把袂对书裙。
汤事葛，说兴殷。
萝月对松云。
西池青鸟使，北塞黑鸦军。
文武成康为一代，
魏吴蜀汉定三分。
桂苑秋宵，明月三杯邀曲客；
松亭夏日，薰风一曲奏桐君。

羵（fén）：相传春秋时鲁大夫季康子掘井，得一土缶，中有羊焉。以问仲尼，仲尼曰："土之怪，羵羊也。"

把袂（mèi）对书裙：把袂，比喻把臂或握手，袂即衣袖。书裙，用以称誉人的书法，或指文人间的相互雅赏爱慕。

汤事葛：此句来自《孟子》。汤，即成汤，商朝的第一个王。葛，汤时的小国。传说葛伯不祀鬼神，汤曾帮助他祭祀。

说（yuè）兴殷：说，傅说，商代人。传说他是奴隶，为人筑墙，后来商王武丁发现了他的才干，举以为三公。

青鸟使：《汉武内传》载，仙人西王母临降人间之前，先有青鸟飞来通报。后诗词中多以青鸟为传达爱情信息的使者。

峒关蒲雪图之二（局部）

渔浦桃花（局部）

十三元

卑对长，季对昆。
永巷对长门。
山亭对水阁，旅舍对军屯。
杨子渡，谢公墩。
德重对年尊。
承乾对出震，叠坎对重坤。
志士报君思犬马，
仁王养老察鸡豚。
远水平沙，有客泛舟桃叶渡；
斜风细雨，何人携榼杏花村。

季对昆：季，弟弟。昆，兄长。

永巷对长门：永巷，汉代拘禁有罪妃嫔和宫女的地方。长门，汉宫名，据说武帝陈后失宠后居于此。

杨子渡：古津渡名，在江苏江都县南。

谢公墩：山名，在江苏江宁县城北（古代金陵），晋谢安尝居半山，故名。

仁王养老察鸡豚：战国思想家孟轲说，王者施仁政，“鸡豚狗彘（zhì）之畜无失其时，七十者可以食肉矣”。

榼（kē）：古代盛酒器皿。

扫一扫，听诵读

十三元

君对相，祖对孙。
夕照对朝暾。
兰台对桂殿，海岛对山村。
碑堕泪，赋招魂。
报怨对怀恩。
陵埋金吐气，田种玉生根。
相府珠帘垂白昼，
边城画角动黄昏。
枫叶半山，秋去烟霞堪倚杖；
梨花满地，夜来风雨不开门。

碑堕泪：晋羊祜为荆州都督，与东吴相对抗，颇有功绩。羊祜死后，襄阳民众为之罢市巷哭，并在岘山建碑立庙，看见碑的人莫不流泪，因而称堕泪碑。

赋招魂：《楚辞》有《招魂赋》一篇，有说是屈原为招怀王之魂而作，有说是宋玉哀屈原之死而作，有说是屈原自招其魂。

陵埋金吐气：传说秦始皇南巡，有人望气而断言，五百年后，金陵当有天子出。始皇于是埋金于金陵以镇之。

田种玉生根：《搜神记》载，杨伯雍家住无终山，山上无水，伯雍担水置路旁，供行人取饮。三年后，有一人饮水，送给他一斗石子，让他种。几年后，石子上生出了玉石。后其地称玉田。

古木春山图（局部）

十四寒

家对国，治对安。
地主对天官。
坎男对离女，周诰对殷盘。
三三暖，九九寒。
杜撰对包弹。
古壁蛩声匝，闲亭鹤影单。
燕出帘边春寂寂，
莺闻枕上漏珊珊。
池柳烟飘，日夕郎归青锁闼；
砌花雨过，月明人倚玉阑干。

扫一扫，听诵读

坎男对离女：坎和离都是《周易》卦名，坎为中男，离为中女。
周诰对殷盘：《尚书》中关于西周的有《洛诰》《康诰》等篇，关于殷商的有《盘庚》上、中、下三篇。
包弹（tán）：宋人包拯为御史中丞，弹劾不避权贵，人称包弹。
青锁闼（tà）：闼，门。翰林直宿之所，门上刻画有青色连锁花纹。

十四寒

肥对瘦，窄对宽。
黄犬对青鸾。
指环对腰带，洗钵对投竿。
诛佞剑，进贤冠。
画栋对雕栏。
双垂白玉箸，九转紫金丹。
陕右棠高怀召伯，
河南花满忆潘安。
陌上芳春，弱柳当风披彩线；
池中清晓，碧荷承露捧珠盘。

投竿：李白有诗云：“秉烛唯须饮，投竿也未迟。”

诛佞剑：汉人朱云敢于直谏。成帝之师安昌侯张禹尸位素餐，朱云对成帝说：“臣愿求赐上方宝剑，断佞臣一人，以厉其余。”成帝问佞臣是谁，答曰张禹。帝怒，欲斩之。

进贤冠：文官戴的一种帽子。

白玉箸：鼻涕。一说释家得道，临终有白玉气出鼻孔，双垂如白玉箸。

陕右：即关中地区。

召伯：召虎，周宣王的一位大臣，人们称召伯。主政陕以西之地。传说召伯家里有一棵甘棠树，召伯死后人们对这棵树加意保护，并作诗《甘棠》以纪念。

十四寒

行对卧，听对看。
鹿洞对鱼滩。
蛟腾对豹变，虎踞对龙蟠。
风凛凛，雪漫漫。
手辣对心酸。
莺莺对燕燕，小小对端端。
蓝水远从千涧落，
玉山高并两峰寒。
至圣不凡，嬉戏六龄陈俎豆；
老莱大笑，承欢七衮舞斑斓。

豹变：《易·革卦》中云："君子豹变，其文蔚也。"意思是君子的变化像豹一样，越来越有文采。

莺莺对燕燕：钱塘范十二郎有二女，名莺莺、燕燕，为富民陆氏妾。

小小对端端：钱塘妓女苏小小，亦名简简。端端，唐代李姓名妓。

至圣不凡，嬉戏六龄陈俎豆：《史记·孔子世家》载："孔子为儿嬉戏，常陈俎豆，设礼容。"至圣系指孔子。

老莱大笑，承欢七衮舞斑斓：传说中的孝子老莱子虽已很大年纪，仍穿上花花绿绿的幼儿服装，在父母面前嬉笑，引逗双亲开心。

味灯室

十五删

林对坞，岭对峦。
昼永对春闲。
谋深对望重，任大对投艰。
裙袅袅，佩珊珊。
守塞对当关。
密云千里合，新月一钩弯。
叔宝君臣皆纵逸，
重华父母是嚚顽。
名动帝畿，西蜀三苏来日下；
壮游京洛，东吴二陆起云间。

扫一扫，听诵读

叔宝君臣：南朝陈后主，名叔宝，纵情声色，常召集江总、孔范等文人饮宴，称为“狎客”，让妃嫔与之交错而坐。

重华父母是嚚（yín）顽：帝舜之名为重华。其父亲瞽（gǔ）叟和弟弟象都是品行不端，多次欲谋害重华。嚚顽，愚蠢而顽固。

三苏：宋代文学家苏洵和儿子苏轼、苏辙一起被称为“三苏”。

二陆：晋文学家陆机、陆云兄弟，人称“二陆”。

十五删

临对仿，吝对悭。
讨逆对平蛮。
忠肝对义胆，雾鬓对云鬟。
埋笔冢，烂柯山。
月貌对天颜。
龙潜终得跃，鸟倦亦知还。
陇树飞来鹦鹉绿，
池筠密处鹧鸪斑。
秋露横江，苏子月明游赤壁；
冻云迷岭，韩公雪拥过蓝关。

悭（qiān）：吝啬。
埋笔冢：相传书法家、僧人智永写字用了十八瓮之多的毛笔，这些笔被埋成一墓，号曰“退笔冢”。
烂柯山：《志林》载，晋樵者王质入信安山，见二童子对弈，一局棋未终，斧柯已烂，回到家乡，已经过了几代，完全变了模样。
苏子月明游赤壁：元丰四年，苏轼月夜泛舟赤壁，作《前赤壁赋》。
韩公雪拥过蓝关：唐韩愈因上《谏迎佛骨表》触怒宪宗，被贬为潮州刺史，行至蓝关遇雪，写下《左迁至蓝关示侄湘》，有“云横秦岭家何在，雪拥蓝关马不前”之句。

下卷

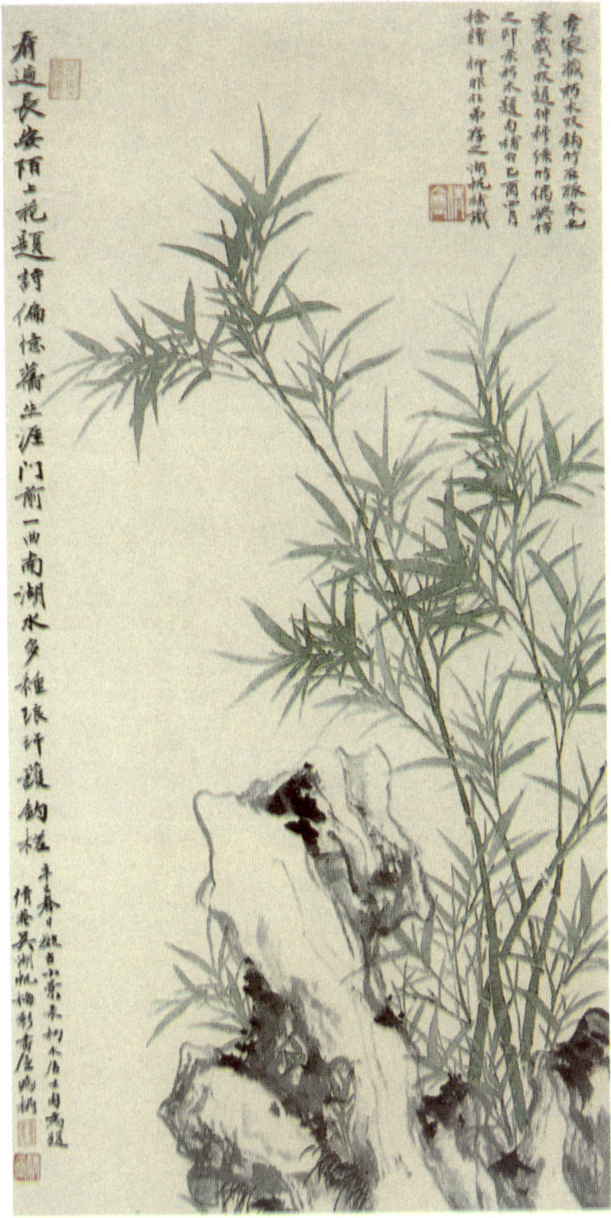

竹石图

一先

寒对暑，日对年。
蹴鞠对秋千。
丹山对碧水，淡雨对覃烟。
歌宛转，貌婵娟。
雪鼓对云笺。
荒芦栖南雁，疏柳噪秋蝉。
洗耳尚逢高士笑，
折腰肯受小儿怜。
郭泰泛舟，折角半垂梅子雨；
山涛骑马，接篱倒着杏花天。

蹴（cù）鞠（jū）：蹴，踢。鞠，球。

覃烟：袅袅直升空中的炊烟，或横浮低空的烟雾。覃，长。

云笺：唐人韦陟（zhì）用五彩笺写信，由他人代笔，自己签名。他写的“陟”字像是五朵云，后人称书信为五云笺或云笺。

洗耳尚逢高士笑：传说帝尧时，箕山有隐士巢父、许由，尧帝对许由说要把帝位传给他。巢父听到这话觉得自己的耳朵受到了玷污，就跑到池边去洗耳。池水主人怒曰：“何污我水！”

折腰肯受小儿怜：陶渊明为彭泽令时，郡督邮来视察，县吏建议陶渊明穿上官服迎见，陶渊明怒曰：“吾不能为五斗米折腰，拳拳事乡里小儿！”遂弃官而去。

扫一扫，听诵读

一先

轻对重，肥对坚。
碧玉对青钱。
郊寒对岛瘦，酒圣对诗仙。
依玉树，步金莲。
凿井对耕田。
杜甫清宵立，边韶白昼眠。
豪饮客吞波底月，
酣游人醉水中天。
斗草青郊，几行宝马嘶金勒；
看花紫陌，千里香车拥翠钿。

肥对坚：肥，肥马。坚，坚车。

碧玉对青钱：碧玉，南朝（宋）汝南王之宠妾，后代用来称娇怜的爱人。青钱，唐代张鷟（zhuó）才名甚高，人称“青钱学士”。

郊寒对岛瘦：郊指孟郊，岛指贾岛。孟郊的诗内容清苦，被评为“寒”，贾岛的诗风格瘦峭，被评为“瘦”。

酒圣对诗仙：晋刘伶旷达放饮，曾作《酒德颂》，后人称之为“酒圣”。李白被贺知章誉为“谪仙人”，后人称为“诗仙”。

依玉树，步金莲：玉树指唐人崔宗之，容颜俊美，饮酒时更见风度。南齐东昏侯宠爱潘妃，做金莲花贴地，令潘妃行其上，叫“步步生莲花”。后以金莲指女子纤足。

翠钿（diàn）：用宝石金银雕饰的首饰，这里代指妇女。

吟对咏，授对传。
乐矣对凄然。
风鹏对雪雁，董杏对周莲。
春九十，岁三千。
钟鼓对管弦。
入山逢宰相，无事即神仙。
霞映武陵桃淡淡，
烟荒隋堤柳绵绵。
七碗月团，啜罢清风生腋下；
三杯云液，饮余红雨晕腮边。

风鹏：《庄子》云，北海有一种大鱼，名鲲，变成大鸟名鹏。鹏有几千里大小，飞到南海需要聚集很长时间的风。

董杏对周莲：《神仙传》载，三国东吴董奉免费为人治病，病重者为他栽五棵杏，轻者栽一棵，数年后共有十万余株杏树，郁然成林。周莲，宋儒周敦颐性爱荷花，曾写《爱莲说》盛赞莲花的高洁品质。

春九十，岁三千：春光九十，即春光将尽。岁三千，形容年寿之长。

月团：茶名。

云液：酒的美称。

秋山钓艇

一先

中对外，后对先。
树下对花前。
玉柱对金屋，叠嶂对平川。
孙子策，祖生鞭。
盛席对华筵。
解醉知茶力，消愁识酒权。
丝剪芰荷开冻沼，
锦妆凫雁泛温泉。
帝女衔石，海中遗魄为精卫；
蜀王叫月，枝上游魂化杜鹃。

孙子：指春秋战国时的著名军事家孙武。

祖生：东晋祖逖（tì）立志收复中原，与朋友刘琨同寝，每天闻鸡鸣就起床舞剑。

丝剪芰（jì）荷开冻沼：传说隋炀帝曾命人用锦绢剪成荷花，插入池苑以游乐。芰，古书上指菱。

锦妆凫雁泛温泉：唐玄宗扩建华清宫汤池，以玉莲为喷泉，又缝锦绣为凫雁，放于水中，自己乘小舟从中游嬉。

精卫：上古神话中，赤帝有女名女娃，游于东海，溺亡，魂魄变成鸟，名精卫，常衔木石填海。

杜鹃：上古神话中，蜀王名杜宇，在蜀治水无果，让位给大臣鳖冷，然后隐居山林，死后化为杜鹃鸟，夜夜悲啼，啼则吐血。

石壁疏松

二萧

琴对管，斧对瓢。
水怪对花妖。
秋声对春色，白缣对红绡。
臣五代，事三朝。
斗柄对弓腰。
醉客歌金缕，佳人品玉箫。
风定落花闲不扫，
霜余残叶湿难烧。
千载兴周，尚父一竿投渭水；
百年霸越，钱王万弩射江潮。

缣（jiān）：丝绢，这里指细绢。

绡（xiāo）：生丝，这里指绸子。

臣五代：五代时冯道曾历事后唐、后晋、后辽、后汉、后周五个朝代，被作为没气节的典型。

事三朝：沈约事南朝宋、齐、梁三朝。

金缕：词牌《贺新郎》别名，一说指女诗人杜秋娘所作《金缕衣》。

尚父：吕望隐居渭水垂钓，周文王请出聘为太师，辅佐武王灭殷，被周武王尊为尚父。

钱王：五代时吴越王钱镠（liú）做御潮铁柱立于江中，未完成时潮水大至，吴越王命以万弩射之，潮水乃退。

扫一扫，听诵读

二萧

荣对悴，夕对朝。
露地对云霄。
商彝对周鼎，殷濩对虞韶。
樊素口，小蛮腰。
六诏对三苗。
朝天车奕奕，出塞马萧萧。
公子幽兰重泛舸，
王孙芳草正联镳。
潘岳高怀，曾向秋天吟蟋蟀；
王维清兴，尝于雪夜画芭蕉。

商彝对周鼎：指商周二代的青铜器。

殷濩（huò）对虞韶：濩据传是商汤王的舞乐。韶，传说为帝舜时乐名。

樊素口，小蛮腰：樊素、小蛮都是白居易的歌伎。

六诏对三苗：是唐代西南少数民族称王或首领为“诏”，蒙巂（xī）、越析、浪穹、澄赕（shǎn）、施浪、蒙舍等六个部落之王合称六诏。三苗，尧、舜时代居住在西南的少数民族。

朝天车：大臣们登朝拜见皇帝所用车乘。

镳（biāo）：马辔头。联镳意为并马而行。

耕对读，牧对樵。
琥珀对琼瑶。
兔毫对鸿爪，桂楫对兰桡。
鱼潜藻，鹿藏蕉。
水远对山遥。
湘灵能鼓瑟，嬴女解吹箫。
雪点寒梅横小院，
风吹弱柳覆平桥。
月牖通宵，绛蜡罢时光不灭；
风帘当昼，雕盘停后篆难消。

兔毫对鸿爪：兔毫，笔名，这里指毛笔。鸿爪，指鸿雁在泥土上留下的脚印。

桂楫（jí）对兰桡（ráo）：楫和桡都是划船撑船的工具。桂是桂树，兰指木兰。用桂和木兰制成的楫和桡，表示贵重华美。

月牖通宵，绛蜡罢时光不灭：由于月光透窗而入，即使灭掉红烛，室内仍很明亮。

风帘当昼，雕盘停后篆难消：由于风帘遮掩，尽管雕盘中的薰香已熄灭，室内的香气却很难消失。

耄耋图之一

耄耋图之二

三肴

诗对礼，卦对爻。
燕引对莺调。
晨钟对暮鼓，野馔对山肴。
雉方乳，鹊始巢。
猛虎对神獒。
疏星浮荇叶，皓月上松梢。
为邦自古推瑚琏，
从政于今愧斗筲。
管鲍相知，能交忘形胶漆友；
蔺廉有隙，终为刎颈死生交。

扫一扫，听诵读

卦对爻：《周易》共分六十四卦，卦中各有六爻。

燕引对莺调：引和调都是歌曲，这里指燕和莺动听的鸣声。

雉（zhì）：野鸡。

为邦：治理国家。

斗筲：指斗筲之人，即德薄才疏的人。

歌对舞，笑对嘲。
耳语对神交。
焉鸟对亥豕，獭髓对鸾胶。
宜久敬，莫轻抛。
一气对同胞。
祭遵甘布被，张禄念绨袍。
花径风来逢客访，
柴扉月到有僧敲。
夜雨园中，一颗不凋王子柰；
秋风江上，三重曾卷杜公茅。

焉鸟对亥豕：古文中焉和鸟、亥和豕字形相近，容易造成讹误。

獭（tǎ）髓对鸾胶：传说水獭的髓是上等补品，能益神智。鸾胶，传说海上仙人以凤喙麟角合煎作膏，名续弦胶，能续弓弩断弦。

一气：指有血缘关系的亲属，多喻兄弟。

祭遵甘布被：祭遵是东汉光武帝的将军。《后汉书·祭遵传》中称他为人克己奉公，凡皇帝的赏赐一律分给士卒，家无私财，穿皮裤，盖布被，受到皇帝的敬重。

一颗不凋王子柰（nài）：《二十四孝》载：晋人王祥至孝，后母不慈，命其看护后园柰树，柰落则鞭之。祥抱树大哭，感动上天，柰一颗不落。柰，是苹果的一种。

巫山清秋图

三肴

衙对舍，廪对庖。
玉磬对金铙。
竹林对梅岭，起凤对腾蛟。
鲛绡帐，兽锦袍。
露果对风梢。
扬州输橘柚，荆土贡菁茅。
断蛇埋地称孙叔，
渡蚁作桥识宋郊。
好梦难成，蛩响阶前偏唧唧；
良朋远到，鸡声窗外正嘐嘐。

廪（lǐn）对庖（páo）：廪，粮仓。庖，厨房。
起凤对腾蛟：起凤、腾蛟都是形容文采的超拔。
鲛（jiāo）绡：鲛人所织的细绢。
兽锦：绣有麟、豹一类野兽花纹的锦缎。
断蛇埋地称孙叔：传说战国时楚国令尹孙叔敖幼时见到两个头的蛇，杀而埋之，回家后对母亲哭诉，说：“人们说遇到两头蛇的人一定要死，今天我遇到了。为了不至于让更多的人见而致死，我已杀死并且埋掉了它。”母亲说：“我儿做了好事，天必赐以福。”
渡蚁作桥识宋郊：宋郊为士人时，所居堂前有蚁穴为雨水冲毁，他编竹为桥让蚂蚁爬到了干处，因此阴德，后为状元。

四豪

茭对茨，荻对蒿。
山鹿对江鳌。
莺簧对蝶板，麦浪对桃涛。
骐骥足，凤凰毛。
美誉对嘉褒。
文人窥蠹简，学士书兔毫。
马援南征载薏苡，
张骞西使进葡萄。
辩口悬河，万语千言常亹亹；
词源倒峡，连篇累牍自滔滔。

莺簧对蝶板：莺簧，指黄莺啼叫的声音美如笙簧。蝶板，指蝴蝶的双翅忽开忽合好像乐器中的板。

骐（qí）骥（jì）足：比喻人有才干。骐骥，良马。

凤凰毛：凤毛麟角，比喻稀有的优秀人才。

蠹（dù）简：指书籍。蠹，蛀书虫。

薏（yì）苡（yǐ）：即中药苡仁。

亹（wěi）亹：原指勤奋的样子，这里是言不绝口的意思。

词源倒峡：形容诗文气势豪迈。

扫一扫，听诵读

四豪

梅对杏，李对桃。
棫朴对旌旄。
酒仙对诗史，德泽对恩膏。
悬一榻，梦三刀。
拙逸对贵劳。
玉堂花烛绕，金殿月轮高。
孤山看鹤盘云下，
蜀道闻猿向月号。
万事从人，有花有酒应自乐；
百年皆客，一丘一壑尽吾豪。

棫（yù）朴（pǔ）对旌（jīng）旄（máo）：棫、朴是两种灌木。旌旄，指旗帜。

德泽对恩膏：泽和膏都是指及时的好雨，比作恩德。

悬一榻：后汉徐稚家贫，有德行。陈蕃为豫章太守，平素不接待宾客，却为徐稚特设一榻，徐来就放下，徐走后即悬起。

梦三刀：晋人王浚梦到梁上悬三把刀，后又增加一把，醒来问吉凶。解者说，三刀是州字，又加一把是“益”的意思，是益州也，您要做益州刺史了。后来果然如此。

仙髻拥新妆

四豪

台对省，署对曹。
分袂对同袍。
鸣琴对击剑，返辙对回艚。
良借箸，操提刀。
香茗对醇醪。
滴泉归海大，篑土积山高。
石室客来煎雀舌，
画堂宾至饮羊羔。
被谪贾生，湘水凄凉吟鹏鸟；
遭谗屈子，江潭憔悴著离骚。

台对省，署对曹：台、省、署、曹都是古时官府的名称。
分袂：古人把离别称作分袂。袂，袖子。
良借箸（zhù）：楚汉战争时，汉高祖准备把诸将分封于各地为侯王。张良不以为然，在酒宴上用箸来陈说道理。箸，筷子。
操提刀：传说匈奴使者要拜谒曹操，曹操因相貌平平，恐为耻笑，于是让崔琰扮作魏王，自己则扮成卫士提刀立旁。
雀舌：一种名茶。
羊羔：美酒名。

夏山欲雨

五歌

微对巨，少对多。
直干对平柯。
蜂媒对蝶使，雨笠对烟蓑。
眉淡扫，面微酡。
妙舞对清歌。
轻衫裁夏葛，薄袂剪春罗。
将相兼行唐李靖，
霸王杂用汉萧何。
月本阴精，岂有羿妻曾窃药；
星为夜宿，浪传织女漫投梭。

扫一扫，听诵读

平柯：指横枝。柯，树枝。

李靖：唐初著名军事家。屡立战功，后平突厥之叛，三定朔方，被封为卫国公。将相兼行，是说他才兼文武。

霸王杂用：“王道”和“霸道”并用。儒家称以力假仁者为霸，以德行仁政者为王。

五歌

慈对善，虐对苛。
缥缈对婆娑。
长杨对细柳，嫩蕊对寒莎。
追风马，挽日戈。
玉液对金波。
紫诏衔丹凤，黄庭换白鹅。
画阁江城梅作调，
兰舟野渡竹为歌。
门外雪飞，错认空中飘柳絮；
岩边瀑响，误疑天半落银河。

寒莎（suō）：秋天的莎草。

挽日戈：古代神话传说，楚国的鲁阳公与韩国人作战，战到天晚未分胜负，他举起戈来向太阳下令，太阳又从西方退了回来。

玉液对金波：玉液和金波均为美酒。

紫诏衔丹凤：古人书信用泥封笺，泥上盖印，皇帝诏书用紫泥，称为紫泥诏或紫诏，常以龙凤为图饰。

黄庭换白鹅：晋书法家王羲之喜欢山阴道士养的鹅，于是为道士写了一卷《黄庭经》，作为交换条件。

五歌

松对竹，荇对荷。
薜荔对藤萝。
梯云对步月，樵唱对渔歌。
升鼎雉，听经鹅。
北海对东坡。
吴郎哀废宅，邵子乐行窝。
丽水良金皆待冶，
昆山美玉总须磨。
雨过皇州，琉璃色灿华清瓦；
风来帝苑，荷芰香飘太液波。

升鼎雉：传说殷王武丁时祭祀太庙，有野鸡飞落鼎耳上而鸣，古人认为是一种祥瑞。

听经鹅：佛教传说，僧志逵所养之鹅能听经说法。

北海：后汉孔融曾为北海太守，时人称之为北海。

吴郎：指唐人吴融，曾写有《废宅》诗。

邵子：宋代经学家邵雍隐居洛阳三十年，筑有“安乐窝”，自称安乐先生。

春云烟柳

五歌

笼对槛，巢对窝。
及第对登科。
冰清对玉润，地利对人和。
韩擒虎，荣驾鹅。
青女对素娥。
破头朱泚笏，折齿谢鲲梭。
留客酒杯应恨少，
动人诗句不须多。
绿野凝烟，但听村前双牧笛；
沧江积雪，惟看滩上一渔蓑。

韩擒虎：隋朝大将，屡立战功，统率渡江平陈战役。
荣驾鹅：春秋时鲁昭公之大臣。
青女对素娥：青女，传说中的霜神。素娥，即嫦娥，又称素娥。
破头朱泚笏（hù）：唐德宗时，京师兵变，德宗出逃，太尉朱泚欲窃位，司农卿段秀实执象笏击破其头，被杀害。笏，古代大臣登朝所持的手板。
折齿谢鲲梭：《晋书·谢鲲传》载：“邻家高氏女有美色，鲲尝挑之，女投梭，折其两齿。”

古木春山图（局部）

六麻

清对浊，美对嘉。
鄙吝对矜夸。
花须对柳眼，屋角对檐牙。
志和宅，博望槎。
秋实对春华。
乾炉烹白雪，坤鼎炼丹砂。
深宵望冷沙场月，
边塞听残野戍笳。
满院松风，钟声隐隐为僧舍；
半窗花月，锡影依依是道家。

扫一扫，听诵读

志和宅：唐诗人张志和曾被授左金吾卫录事参军，遭贬黜后浪迹江湖，号称以太虚为庐、明月为伴，自号烟波钓徒。

博望槎（chá）：博望，即张骞，因奉使西域有功封博望侯。传说他曾乘槎探求河源。槎，木筏。

锡：僧人所持之杖称为锡。

六麻

雷对电，雾对霞。
蚁阵对蜂衙。
寄梅对怀橘，酿酒对烹茶。
宜男草，益母花。
杨柳对蒹葭。
班姬辞帝辇，蔡琰泣胡笳。
舞榭歌楼千万尺，
竹篱茅舍三两家。
珊枕半床，月明时梦飞塞外；
银筝一奏，花落处人在天涯。

蜂衙：即蜂房。

怀橘：三国时陆绩事母至孝，七岁于袁术处做客时，见案上有橘，揣入怀中，想带走送给母亲。

班姬：汉成帝游后苑，命班婕妤同辇，班婕妤推辞不乘，说只有末代皇帝才亲近女色。

蔡琰：即蔡文姬，蔡邕之女，汉末著名才女，早寡，被虏入胡，在南匈奴生活了十二年，后被曹操赎回。

六麻

圆对缺，正对斜。
笑语对咨嗟。
沈腰对潘鬓，孟笋对卢茶。
百舌鸟，两头蛇。
帝里对仙家。
尧仁敷率土，舜德被流沙。
桥上授书曾纳履，
壁间题句已笼纱。
远塞迢迢，露碛风沙何可极；
长沙渺渺，雪涛烟浪信无涯。

咨（zī）嗟（jiē）：叹息。

沈腰对潘鬓：沈腰，南朝文学家沈约，体弱多病，腰肢纤弱。潘鬓，晋文学家潘岳，经历坎坷，身体早衰，自言两鬓早白。

孟笋对卢茶：《二十四孝》载，孟宗母病，思食鲜笋。宗守竹而哭，竹果生笋。卢茶，唐代诗人卢仝好茶，饮必七碗。

桥上授书曾纳履：传说张良年轻时曾遇一老人坐于下邳圯（yí）桥上，命良到桥下取失落的鞋。张良恭敬从命，老人便传他三卷兵书。

壁间题句已笼纱：唐代王播少时贫困，客居扬州惠招寺木兰院，跟随僧人吃斋饭，被众僧嫌弃。王播显贵后重游旧地，发现自己昔日在该寺壁上所题的诗句已经被僧人用碧纱盖护起来。

渔浦桃花（局部）

六麻

疏对密，朴对华。
义鹘对慈鸦。
鹤群对雁阵，白苎对黄麻。
读三到，吟八叉。
肃静对喧哗。
围棋兼把钓，沉李并浮瓜。
羽客片时能煮石，
狐禅千劫似蒸沙。
党尉粗豪，金帐笼香斟美酒；
陶生清逸，银铛融雪啜团茶。

义鹘（hú）：鹰类鸷禽。杜甫《义鹘》描写了一只鹘杀死白蛇为苍鹰报仇的故事。

慈鸦：古人传说乌鸦是孝鸟，老乌鸦不能取食时，小乌鸦会反哺其母，因称慈鸦。

读三到：古人讲读书要眼到、口到、心到。

吟八叉：传说唐诗人温庭筠八叉其手而诗成，人称“温八叉”。

羽客：即仙人。道教说仙人能煮白石为饭。

狐禅（chán）：佛经云，狐禅如蒸沙，千劫不能成饭。比喻毫无意义。

铛（chēng）：平底锅。

仿关仝山水

七阳

台对阁，沼对塘。
朝雨对夕阳。
游人对隐士，谢女对秋娘。
三寸舌，九回肠。
玉液对琼浆。
秦皇照胆镜，徐肇返魂香。
青萍夜啸芙蓉匣，
黄卷时摊薜荔床。
元亨利贞，天地一机成化育；
仁义礼智，圣贤千古立纲常。

谢女对秋娘：谢女，指晋代才女谢道韫，人称咏絮高才。秋娘，即杜秋娘，著有《金缕衣》诗。

三寸舌：指能说善辩。战国时毛遂以三寸之舌对百万之师。

九回肠：形容人的心情郁闷。

照胆镜：传说秦始皇有照胆镜，能透视人的内脏，如果照到人胆张心动，就说明其人有谋害之心。

返魂香：《十洲记》载，西海申未洲上有大树，叶香能传数百里，可煎制成“返生香”膏，死人闻了可复活。

扫一扫，听诵读

七阳

红对白，绿对黄。
昼永对更长。
龙飞对凤舞，锦缆对牙樯。
云弁使，雪衣娘，
故国对他乡。
雄文能徙鳄，艳曲为求凰。
九日高峰惊落帽，
暮春曲水喜流觞。
僧占名山，云绕茂林藏古殿；
客栖胜地，风飘落叶响空廊。

锦缆对牙樯：用锦缎做缆绳，以象牙为樯橹。

云弁使，雪衣娘：云弁使，指蜻蜓。雪衣娘，指白鹦鹉。

雄文能徙鳄：有鳄鱼为害，韩愈做潮州刺史时，作《祭鳄鱼文》驱走为害的鳄鱼。

艳曲为求凰：汉时卓王孙之女文君守寡，司马相如作《凤求凰》曲追求文君，文君于是同他私奔。

暮春曲水喜流觞：晋永和上巳日（农历三月初三），王羲之、王献之、谢安、孙绰诸人曾在山阴兰亭集会，于水边嬉游采兰，曲水流觞，饮酒赋诗以娱。王羲之有《兰亭集序》记此事，文中有“暮春之初”“引以为流觞曲水”等语。

七阳

衰对壮，弱对强。
艳饰对新妆。
御龙对司马，破竹对穿杨。
读班马，识求羊。
水色对山光。
仙棋藏绿橘，客枕梦黄粱。
池草入诗因有梦，
海棠带恨为无香。
风起画堂，帘箔影翻青荇沼；
月斜金井，辘轳声度碧梧墙。

班马：班固作《汉书》，司马迁作《史记》。

求羊：西汉末，蒋诩解官归桂林后，于竹林中开三条小径，唯故人求仲、羊仲从之游，不与俗人往还。

仙棋藏绿橘：神话故事，巴邛（qióng）人家有橘树，一年忽长三枚大如斗的果实，剖开，里面有二叟对弈。

池草入诗因有梦：传说南朝诗人谢灵运在病中梦见族弟惠连，得“池塘生春草，园柳变鸣禽”佳句。

海棠带恨为无香：彭渊林曰：“吾生平五恨。一恨鱼多骨，二恨橘多酸，三恨菜性淡，四恨海棠无香，五恨曾子固不能诗。”

峒关蒲雪图之一（局部）

七阳

臣对子，帝对王。
日月对风霜。
乌台对紫府，雪牖对云房。
香山社，昼锦堂。
蔀屋对岩廊。
芬椒涂内壁，文杏饰高梁。
贫女幸分东壁影，
幽人高卧北窗凉。
绣阁探春，丽日半笼青镜色；
水亭醉夏，薰风常透碧筒香。

乌台对紫府：乌台，指御史府（台）。紫府，道家仙人居所。

蔀屋对岩廊：蔀屋，指草屋。岩廊，高大的宫殿。

贫女幸分东壁影：《战国策》载寓言故事，齐女与邻妇共烛而绩，妇辞之，女曰：“我贫无烛。一室之中，多不为暗，少不为明，何惜东壁余光。”

幽人高卧北窗凉：晋代陶潜《与子俨等疏》：“常言五六月中，北窗下卧，遇凉风暂至，自谓是羲皇上人。”意思是说自己夏日卧北窗下，每当凉风吹来，仿佛回到了无忧无虑的太古时代。

梅柳渡江春

八庚

形对貌，色对声。
夏邑对周京。
江云对涧树，玉磬对银筝。
人老老，我卿卿。
晓燕对春莺。
玄霜舂玉杵，白露贮金茎。
贾客君山秋弄笛，
仙人缑岭夜吹笙。
帝业独兴，尽道汉高能用将；
父书空读，谁言赵括善知兵。

人老老：即尊敬别人的老人。

我卿卿：卿是对人的尊称，也是对妻子的昵称。“卿卿我我”形容夫妻恩爱。

玄霜舂玉杵：《太平广记·裴航》载，唐秀才裴航乘舟过襄汉，遇云翘樊夫人，使其婢袅烟，赠诗相谢。夫人答诗云：“一饮琼浆百感生，玄霜捣尽见云英。蓝桥便是神仙路，何用崎岖上玉京。”后裴航果然经过蓝桥驿，遇到云英送水，裴航以玉杵为聘礼，娶云英，二人俱升仙而去。玄霜，传说中的仙药。

白露贮金茎：史载汉武帝曾作铜柱，上有铜仙人擎玉盘，承接夜露，据说以此露和玉屑饮之可长生。

扫一扫，听诵读

八庚

功对业，性对情。
月上对云行。
乘龙对附骥，阆苑对蓬瀛。
春秋笔，月旦评。
东作对西成。
隋珠光照乘，和璧价连城。
三箭三人唐将勇，
一琴一鹤赵公清。
汉帝求贤，诏访严滩逢故旧；
宋廷优老，年尊洛社重耆英。

春秋笔：寓褒贬于字里行间，此种笔法为春秋笔。

月旦评：汉末河南许劭与其兄许靖喜欢评论当地人物，每月农历初一发布品评公告，时人称之为“月旦评”。

东作对西成：东作，是开始耕作。西成，是收获之意。

三箭三人唐将勇：唐将薛仁贵东征，与九姓突厥交战，三箭毙三人，威震敌军。当时有歌谣曰：“将军三箭定天山，壮士长歌入汉关。”

一琴一鹤赵公清：宋赵汴到成都上任，单骑一匹马入蜀，一琴一鹤相随。为政清廉简易。

耆英：高年硕德者之称。英，才能出众的人。

八庚

昏对旦，晦对明。
久雨对新晴。
蓼湾对花港，竹友对梅兄。
黄石叟，丹丘生。
犬吠对鸡鸣。
暮山云外断，新水月中平。
半榻清风宜午梦，
一犁好雨趁春耕。
王旦登庸，误我十年迟作相；
刘蕡不第，愧他多士早成名。

黄石叟：即汉初张良所遇仙人黄石公，曾赠给张良兵书。
丹丘生：道教传说中的仙人。丹丘，神话中的神仙之地。
王旦：《宋史·王旦传》载，宋相王旦掌权十八年，死后，王钦若继为宰相。王钦若说："子明（即王旦）迟我十年作宰相。"

溪山秋晓

九青

庚对甲，己对丁。
魏阙对彤庭。
梅妻对鹤子，珠箔对银屏。
鸳浴沼，鹭飞汀。
鸿雁对鹡鸰。
人间寿者相，天上老人星。
八月好修攀桂斧，
三春须系护花铃。
江阁凭临，一水净连天际碧；
石栏闲倚，群山秀向雨余青。

魏阙对彤庭：魏阙，高大的城阙。彤庭，指帝王宫殿。杜甫诗："彤庭所分帛，本自寒女出。"

鹡（jí）鸰（líng）：一种鸟，生活在水边，以小虫为食，喜欢群飞。常用"鹡鸰在原"比喻兄弟友爱。

桂斧：神话传说，吴刚因学仙有过，被罚用斧头砍月中桂树，砍出的伤口会复合，吴刚不得不一直砍下去。

扫一扫，听诵读

九青

危对乱，泰对宁。
纳陛对趋庭。
金盘对玉箸，泛梗对浮萍。
群玉圃，众芳亭。
旧典对新型。
骑牛闲读史，牧豕自横经。
秋首田中禾颖重，
春余园内菜花馨。
旅次凄凉，塞月江风皆惨淡；
筵前欢笑，燕歌赵舞独娉婷。

纳陛对趋庭：纳陛，深入殿堂的台阶，这里是登上台阶的意思。趋庭，快步走过庭院。

骑牛闲读史：传说隋末李密好学，常将《汉书》挂于牛角之上，骑牛读书。

牧豕（shǐ）自横经：汉公孙宏少贫而勤于学，常带经卷攻读，终在五十岁后做到了丞相。

仿燕文贵溪山楼观图

十 蒸

萍对蓼，荗对菱。
雁弋对鱼罾。
齐纨对鲁绮，蜀锦对吴绫。
星渐没，日初升。
九聘对三征。
萧何曾作吏，贾岛昔为僧。
贤人视履循规矩，
大匠挥斤校准绳。
野渡春风，人喜乘潮移酒舫；
江天暮雨，客愁隔岸对渔灯。

雁弋（yì）对鱼罾（zēng）：雁弋，射雁的尾部带绳子的箭。罾，一种用竹竿或木棍做的方形渔网。

九聘对三征：聘、征，都是官府聘请之意。九聘，多次聘请。三征，三次征召。

贤人视履循规矩：《尔雅·释言》云："履，礼也。"所以说视履成规矩。

大匠挥斤校准绳：《庄子》中说，郢（yǐng）人在鼻子尖上涂一点白土，一位石匠把斧子抡起来，一下子把泥点砍掉了，鼻子却丝毫无损。大匠，技术高超的匠人。斤，斧子的一种。

扫一扫，听诵读

斜阳流水图（局部）

十蒸

谈对吐，谓对称。
冉闵对颜曾。
侯嬴对伯嚭，祖逖对孙登。
抛白纻，宴红绫。
胜友对良朋。
争名如逐鹿，谋利似趋蝇。
仁杰姨惭周不仕，
王陵母识汉方兴。
句写穷愁，浣花寄迹传工部；
诗吟变乱，凝碧伤心叹右丞。

冉闵对颜曾：冉有、闵子骞（qiān）、颜渊、曾参都是孔子的弟子。

侯嬴对伯嚭：侯嬴，战国时魏人，帮助信陵君窃符救赵，以身殉之。伯嚭（pǐ），太宰嚭，春秋时楚国伯州犁之孙，他受越王贿赂，劝吴王同越讲和，后被勾践所杀。

祖逖对孙登：祖逖，东晋时爱国将领。孙登，晋初隐士。

白纻：白苎麻织成的衣服。白纻襕衫，唐举子之服。

宴红绫：唐御膳以红绫饼为重。

仁杰姨惭周不仕：武后朝相狄仁杰想为姨母之子封官，姨母说不愿让唯一的儿子为武后的朝廷服务，仁杰惭愧不已。周，武则天的国号。

王陵母识汉方兴：王陵在汉做官，其母在楚，认为汉必兴起，嘱王陵好好做事。项羽令王母召回王陵，王母自刎不从。

斜阳流水图（局部）

十一尤

荣对辱，喜对忧。
缱绻对绸缪。
吴娃对越女，野马对沙鸥。
茶解渴，酒消愁。
白眼对苍头。
马迁修《史记》，
孔子作《春秋》。
莘野耕夫闲举耜，
渭滨渔父晚垂钩。
龙马游河，羲帝因图而画卦；
神龟出洛，禹王取法以明畴。

扫一扫，听诵读

缱（qiǎn）绻（quǎn）对绸（chóu）缪（móu）：缱绻和绸缪，都是形容感情亲密、情意缠绵的样子。

白眼对苍头：白眼，晋阮籍看人时能作青、白眼，见庸俗之士则以白眼对之。苍头，秦末农民起义中一支义军士卒以青巾裹头，称苍头军。后世说苍头多指老年仆人。

十一尤

冠对履，舄对裘。
院小对庭幽。
面墙对膝地，错智对良筹。
孤嶂耸，大江流。
方泽对圆丘。
花潭来越唱，柳屿起吴讴。
莺懒燕忙三月雨，
蛩摧蝉退一天秋。
钟子听琴，荒径入林山寂寂；
谪仙捉月，洪涛接岸水悠悠。

舄（xì）：这里指鞋。

吴讴（ōu）：吴地的民歌。

钟子：钟子期。传说余伯牙善于弹琴，钟子期善解琴，两人相知好。子期死，伯牙碎琴，谓无知音也。

谪仙捉月：传说李白特别喜爱明月，一次在采石矶酒醉，看到江心倒映的月影，前去扑捉，结果失足落水。

十一尤

鱼对鸟，鹅对鸠。
翠馆对红楼。
七贤对三友，爱日对悲秋。
虎类狗，蚁如牛。
列辟对诸侯。
陈唱临春乐，隋歌清夜游。
空中事业麒麟阁，
地下文章鹦鹉洲。
旷野平原，猎士马蹄轻似箭；
斜风细雨，牧童牛背稳如舟。

虎类狗：东汉马援在《戒兄子严敦书》中告诫子侄说，学习豪侠好义的杜季良，不要成为天下轻薄子，所谓画虎不成反类犬。

蚁如牛：晋殷浩患耳疾，听见床下蚂蚁的动静，以为是牛斗之声。

列辟（bì）：指诸王侯。辟，君王。

陈唱：南朝陈后主修结绮、临春、望仙阁，与张丽华、江总、孔贵嫔诸人日夜游戏、歌唱，其中以《玉树后庭花》《临春乐》为最有名。

隋歌：传说隋炀帝夏夜宴游，放萤火虫照明，歌清夜之曲。

空中事业：这里是说功名富贵本是虚幻。

地下文章：这里是说作者已死去。

孟襄阳诗意图

潇湘雨过（局部）

十二侵

歌对曲，啸对吟。
往古对来今。
山头对水面，远浦对遥岑。
勤三上，惜寸阴。
茂树对平林。
卞和三献玉，杨震四知金。
青皇风暖吹芳草，
白帝城高急暮砧。
绣虎雕龙，才子窗前挥彩笔；
描鸾刺凤，佳人帘下度金针。

扫一扫，听诵读

勤三上：古人认为善读者有“三上”之功，即枕上、途上、厕上。
寸阴：指很短的时光。
杨震四知金：汉杨震为青州刺史，所举秀才王密，暮夜怀金谒震以为酬谢。震怒曰：故人知君，君何以不知故人也？密曰：夜无人知。震曰：天知，地知，子知，我知，何谓无知？当即拒绝了。
青皇：又称东皇、青帝。东方为春，古人谓司春之神，故代指春天。

十二侵

登对眺，涉对临。
瑞雪对甘霖。
主欢对民乐，交浅对言深。
耻三战，乐七擒。
顾曲对知音。
大车行槛槛，驷马骤骎骎。
紫电青虹腾剑气，
高山流水识琴心。
屈子怀君，极浦吟风悲泽畔；
王郎忆友，扁舟卧雪访山阴。

耻三战：传说春秋时鲁国将军曹刿曾三次兵败于齐。后来齐桓公和鲁庄公盟于柯，曹刿用匕首逼住了齐桓公，索回了失去的国土。

乐七擒：传说孔明征南蛮时对其首领孟获七擒七纵，使孟获受到感化而归顺。

骤骎（qīn）骎：骤，奔驰。骎骎，形容马跑得很快的样子。

王郎忆友：《世说新语·任诞》载，晋王献之雪夜访山阴戴逵，半途而返，人问其故，王曰：“吾本乘兴而来，兴尽而返，何必见戴。”

潇湘雨过（局部）

十三覃

宫对阙，座对龛。
水北对天南。
蜃楼对蚁郡，伟论对高谈。
遴杞梓，树楩楠。
得一对函三。
八宝珊瑚枕，双珠玳瑁簪。
萧王待士心惟赤，
卢相欺君面独蓝。
贾岛诗狂，手拟敲门行处想；
张颠草圣，头能濡墨写时酣。

蚁郡：《南柯太守传》载，汉豪士淳于棼（fén）酒醉后梦游大槐安国，被招为驸马，守南柯郡。醒后发现，槐安国和南柯郡是一群蚂蚁的窝巢。

遴（lín）杞梓：比喻选拔人才。遴，谨慎选择。杞、梓，是两种木质优良的树，常用来比喻优秀人才。

楩（pián）楠：比喻培养人才。楩、楠，是两种木质优良的树。

萧王待士心惟赤：汉光武帝曾被封为萧王。他在镇压铜马、高湖等起义军时，收降许多人，并将首领封为列侯，以收买人心。当时有人说：“萧王推赤心置人腹中，安得不投死乎！”

卢相欺君面独蓝：唐人卢杞相貌丑陋，史称“鬼貌蓝色”，代宗时为相，盘剥百姓，人称“蓝面鬼”。

扫一扫，听诵读

风娇雨秀

十三覃

闻对见，解对谙。
三橘对双柑。
黄童对白叟，静女对奇男。
秋七七，径三三。
海色对山岚。
鸾声何哕哕，虎视正眈眈。
仪封疆吏知尼父，
函谷关人识老聃。
江相归池，止水自盟真是止；
吴公作宰，贪泉虽饮亦何贪。

秋七七：传说殷七七用幻术使杜鹃顷刻开花。此处七七代指杜鹃花。
径三三：此代指菊花，陶渊明有“冶冶溶溶三径色，风风雨雨九秋时”句，在《归去来兮辞》中有“三径就荒，松菊犹存”句。
函谷关人识老聃（dān）：传说函谷关令尹知天文，一次登楼望东方见紫色云气，断言说一定有圣人经过此地。后老子骑青牛过关。
江相：《宋史·江万里传》载，南宋末年，江万里为相，得知元军得襄樊后，在自家后园凿个池塘，并于元军破城后投池自杀。
吴公：《晋书·吴隐之传》载，吴隐之为官清廉，为广州刺史时，州城附近有泉名“贪泉”，人们说，谁饮此水都会起贪心。吴隐之故意饮贪泉水，却更加廉洁自守。

寒林图

十四盐

宽对猛，冷对炎。
清直对尊严。
云头对雨脚，鹤发对龙髯。
风台谏，肃堂廉。
保泰对鸣谦。
五湖归范蠡，三径隐陶潜。
一剑成功堪佩印，
百钱满卦便垂帘。
浊酒停杯，容我半酣愁际饮；
好花傍座，看他微笑悟时拈。

宽对猛：宽，指仁厚。猛，指严苛。

风台谏：风即讽，讽谏。台，台省。谏，谏臣。古代谏官所居官署称讽台。

肃堂廉：肃堂即官署。廉，阶陛之侧隅（yú）也。这里指廉正。

保泰对鸣谦：泰、谦都是《周易》的卦名。保泰，意为保持安康。鸣谦是谦卦的爻辞，意为以谦虚的品德为人所知。

一剑：战国时苏秦曾佩一剑说六国，后为纵约长，佩六国相印。

百钱：汉时严君平隐居成都以卖卜为生，每日得百钱后即闭户垂帘。

扫一扫，听诵读

十四盐

连对断，减对添。
淡泊对安恬。
回头对极目，水底对山尖。
腰袅袅，手纤纤。
凤卜对鸾占。
开田多种粟，煮海尽成盐。
居同九世张公艺，
恩给千人范仲淹。
箫弄凤来，秦女有缘能跨羽；
鼎成龙去，轩臣无计得攀髯。

张公艺：唐人张公艺，九世同居。

恩给千人范仲淹：范仲淹居官后，在姑苏城郊买良田千亩建“义庄”，收养贫困亲族。

攀髯：传说轩辕皇帝铸鼎成，龙降，骑之上升。其臣攀龙髯欲随之升天，未得。

十四盐

人对己，爱对嫌。
举止对观瞻。
四知对三语，义正对辞严。
勤雪案，课风檐。
漏箭对书笺。
文繁归獭祭，体艳别香奁。
昨夜题诗更一字，
早春来燕卷重帘。
诗以史名，愁里悲歌怀杜甫；
笔经人索，梦中显晦老江淹。

三语：据《晋书》载，王戎问老子、孔子之道于阮瞻，阮瞻说，“将无同”，意为大约差不多。王戎听了很满意，就聘其为椽（署员），时人称阮瞻为“三语椽”。

雪案、风檐：形容读书条件很艰苦。

文繁归獭（tǎ）祭：早春水面解冻，水獭把鱼衔出水面，排列在冰上，古人以为这是獭在祭祀，称为獭祭鱼。

体艳别香奁（lián）：体艳指爱情或色情诗。香奁，妇女梳妆用的匣子。唐诗人韩偓（wò）有诗集名《香奁集》，时人称此类诗为“香奁体”。

庐山东南五老峰

百丈漈

荷塘飞翠

十五咸

栽对植，薙对芟。
二伯对三监。
朝臣对国老，职事对官衔。
鹿麌麌，兔毚毚。
启牍对开缄。
绿杨莺晛睆，红杏燕呢喃。
半篱白酒娱陶令，
一枕黄粱度吕岩。
九夏炎飙，长日风亭留客骑；
三冬寒冽，漫天雪浪驻征帆。

薙（tì）对芟（shān）：薙、芟都是割除野草的意思。

二伯对三监：二伯，西周时主掌国事的两个大臣。三监，武王灭殷后，封纣子武庚于商都，派自己的三个弟弟管叔、蔡叔和霍叔监督，称三监。

鹿麌（yǔ）麌：形容鹿成群结队的样子。

兔毚（chán）毚：形容兔跳动的样子。

启牍对开缄：启牍、开缄都是拆开信件的意思。

晛（xiàn）睆（huǎn）：即莺啼的声音。

扫一扫，听诵读

十五咸

梧对杞，柏对杉。
夏濩对韶咸。
涧瀍对溱洧，巩洛对崤函。
藏书洞，避诏岩。
脱俗对超凡。
贤人羞献媚，正士嫉工谗。
霸越谋臣推少伯，
佐唐藩将重浑瑊。
邺下狂生，羯鼓三挝羞锦袄；
江州司马，琵琶一曲湿青衫。

夏濩（huò）对韶咸：濩，汤乐也；韶，舜乐也。也指庙堂之乐或泛指古乐。

涧瀍（chán）对溱（zhēn）洧（wěi）：涧、瀍、溱、洧指古代四条河流。

巩洛对崤（xiáo）函：巩、洛、崤、函均在今河南省。

少伯：越国大夫范蠡的字。

浑瑊（jiān）：唐朝少数民族的将领，曾从李光弼、郭子仪平“安史之乱”，以功为太常卿。

狂生：指祢衡。传说曹操欲辱祢衡，命他击鼓为客人助酒兴。祢衡脱掉衣服，敲起慷慨昂扬的“渔阳三挝”，以回敬曹操。

锦袄：这里指曹操。

十五咸

袍对笏，履对衫。
匹马对孤帆。
琢磨对雕镂，刻画对镌镵。
星北拱，日西衔。
卮漏对鼎馋。
江边生桂若，海外树都咸。
但得恢恢存利刃，
何须咄咄达空函。
彩凤知音，乐典后夔须九奏；
金人守口，圣如尼父亦三缄。

卮（zhī）漏对鼎馋：古语有“川源而不能实漏卮”的话，意为漏洞虽小，如不堵塞则后患无穷。鼎馋，孔子的祖先正考父为宋大夫，其家有鼎名馋鼎。馋同嗛（qiǎn），吃。

何须咄（duō）咄达空函：晋人殷浩得知桓温将推荐他做尚书令，兴奋异常，回信时总怕言语不周，把信取出放进几十次，结果寄出了空信封。后桓温未启用他，他整日用手在空中乱划，连呼“咄咄怪事”。

后夔（kuí）：即夔，传说是舜的乐官，他奏起乐来，百兽起舞，凤凰也飞来了。

金人守口，圣如尼父亦三缄：尼父，孔子。三缄，多层封闭。相传孔子入周太庙，见有铸金人，三缄其口，背后有铭文“古之慎言人也”。

春风杨柳万千条

图书在版编目（CIP）数据

笠翁对韵：名画·朗读版/(明) 李渔著. —郑州：河南美术出版社，2018.7（2020.6）
ISBN 978-7-5401-4299-5

Ⅰ. ①笠… Ⅱ. ①李… Ⅲ. ①诗词格律－中国－启蒙读物 Ⅳ. ①H194.1②I207.21

中国版本图书馆CIP数据核字(2018)第085441号

笠翁对韵：名画·朗读版
(明) 李渔／著

责任编辑　陈　宁　任　瑜
助理编辑　杨　骁　李东岳
文字编辑　王淑娟
责任校对　谭玉先
装帧设计　古美门
朗　　诵　夏　梦
出版发行　河南美术出版社
　　　　　地址：郑州市经五路66号
　　　　　邮编：450002
　　　　　电话：(0371）65727637
制　　作　河南金鼎美术设计制作有限公司
印　　刷　三河市同力彩印有限公司
开　　本　889mm×1194mm　1/32
印　　张　5
字　　数　65千字
版　　次　2018年7月第1版
印　　次　2020年6月第3次印刷
书　　号　ISBN 978-7-5401-4299-5
定　　价　28.00元
